시　　김호랑
그림　　김리연

이태백의
웃음소리

바론북스

시인에게 전하는 말

과거에서 소식이왔다.
내원사가는길
사방은 조용했고
개울물은 말없이 흐르고

자전거 페달에 힘을주었다.
바람을 맞으며
너를 찾아온시간들

이제야
지면에서 소식을 듣는다.

목
차

서문

시인에게 전하는 말

———————

석류

별똥별
하나가 떨어진다
눈물을 흘리며

저 먼
외계에서 온
붉은눈을 가진

아기가
신기한듯
나를 바라본다.

우주선
안에는 무수한 알들이
세상 밖으로 나오려

눈물을
흘리며 미소짓는다.

익숙한 의사에 손놀림

영롱한
눈을가진 생명이
툭!   툭!
지구에 도착했다.

너에 입술엔 그녀의 향기가 남아
있다.

이태백의 웃음소리 - 月下獨酌

어디선가 낯익은 목소리
가만히 다가와

가을은
보이지 않는다.

어느해
이맘때 쯤인가
오곤 했는데

이젠
후라이판 기름튀는소리에
비가 보이듯

허공을 따르던 손짓

그날에
다가오던 운율

오늘은 내가 마중을 나간다.

밤새 기울어진 술잔
한줄 써보려 하지만

보름달 그뒤에
이태백의 웃음소리

그대는 아는가?

서재

달래를 주웠다.

날아간 물총새 뒷자락

하늘에 떠가는 권적운

베고누워

셋째줄
뻐꾸기둥지

오리알 안녕?

소쩍새노래

귀기울이면

간지러운 바람이

눈꺼풀 내리운다.

개울가 불거지 지느러미

詩를 짓는다.

오늘은 하늘을 주웠나.

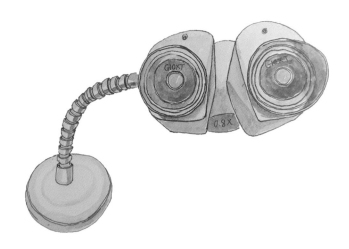

시인(詩人)

골방에 널부러진
빨래가 부럽다.

하다못해 찌그러진
밥상이라도 있으면
좋으련만

책장에 꽂힌
古書만도 못한자여!

나는 오늘도 배부른
투정을 부려본다.

그래도 세끼밥 따듯이
먹여주니 고맙소.

국화꽃 향기에누워

꽃향기 맡으며 떠나가는길
생에 먼지 티끌하나
미련이라도
구름 위에 누워

시간은저만치 물러나
너를 내려다 본다.

얼마나더 가벼워 져야할까
天板이 내려온다.

어디선가 들려오는 새소리

천판(관뚜껑)

수세미

지면을 향하여

애달픈 마음을
담았나

이루지못한
그리움

커다란 눈망울

그림자 애타게

달려간다

우산

저만치 떨어진 곳에
내리는 비

우산쓰고 가는 사람

소리없이 흐르는 눈물
나무를 껴안고 있는 빗물은
사랑하는걸까?

떨어지는 방울은 지면에
상처를 남기고

돌틈으로 사라져간다.

비오는 날에는 누군가에
우산이 되면 좋을까

흔적

하루에 땅거미는
그림자를 지우고
발자욱따라 흐르는 상처

바람을타고
뚜벅뚜벅 걷다보면
산처럼 쌓여가는

거짓말

갑과을

갑이   있었다.
을도 있나부다.

갑이 말했다.
너는 을이라고

......

을은 고개를 끄덕였다.

그말이 무슨뜻인지도 모르면서

짜라투스트라가 생각나는 밤이다.

경계

선을 긋는다
원을 그린다
점을 찍을까?

색을 칠하면
마음이 보여!

눈을 감으면
검은 눈동자
발자욱 따라
눈이 내린다.

해가 뜨면
속살이 드러나겠지

아 부끄러!

돌던지기(石加石投)

돌이 있었다.

날아 옵니다.
어디서오는지
누가 던진돌인지
알지못합니다.

오늘도 돌에 맞았습니다.
여러날 맞다보니
이제는 나도 돌을
집어듭니다.

누군가에게
던지고 싶어집니다.
맞으면 많이 아플텐데!

조금더 참아봅니다.

수십년동안
맞아온터라
의례 그러려니 합니다.

그러다
또 길을 갑니다.

갑자기 눈앞이
번쩍 합니다.
목구멍까지 차오릅니다.

그순간
나도모르게
땅바닥에 돌을
집어듭니다.

힘차게
던져봅니다.

그
누군가에게

길을가던사람이
돌에 맞았나 봅니다.
눈이 번쩍 뜨입니다.

자세히 이마를
들여다보니
돌에 밎은자리에

예쁜꽃이 피어있습니다.

궤적

눈을감고 가만히
바라보면

쌓여있는 시간들
뒤로가는 시계

단층사이로 지나온
빛줄기 따라

흘러가는 바람처럼

허공위에
색으로 태어난
별들에 흔적

건너간 시간에는 무엇이

음악을 들으며
영화를 보다가
무심코 꿈을 꾼다.

내가 보이지 않는다.
여긴어딜까?

잠에서 깨어보면
다른세상
미래에 시간속을
걷고있다.
생각 속에는 블랙홀이 있나보다.

어제는 길을가다 나를 놓쳤다.

거울

하늘이 열리고
별이보인다.

북두칠성
은하수가 보인다.

꿈인가 싶어 등불을 켜보면
눈앞에 커다란

눈 한번 감았다 뜨고 자세히 들여다 본다.
분명히 별이 있었는데
⋯⋯

다시 정신을 차리고 바라보니
왠 점들이 보인다.
흰반점   7개
무수한 점들,

그건 분명⋯⋯   아니⋯⋯

                                         북두칠싱
                                         은하수 였다.

눈을감으면 떠오르는

소년이 걸어간다.

어디로 가는걸까?
이제는 자야할시간

바쁘게 살아온탓일까?
뒤 돌아보면 철길이보이고

눈이 내린다.

풀꽃이 되는 날

나이를 먹는다는건

참! 그런일이오.

이슬을 머금은
풀꽃이 되는날

나 그대를 기억 하리오.

나팔꽃

등교길 담밑에
조용히
지켜보는 소녀

오늘은 보라빛 원피스
수줍어 말없이
미소만 지으며
가끔은 지나쳐
눈인사만

새벽부터 누구를 기다려
두리번 거리나

달래

밭둑을 걸으며
잡초처럼 피어
땅속에 웅크린
소년처럼

달래야!

너 이제
어디로 갈거니?

잠자리 날개옷
빗물에
속살을 드러내

바람과 빗물에씻겨
마지막 한 올까지

황홀한 비상과
추락

잠자리

잠자리

담벼락에 잠자리

날았다
                  앉았다.

잠자리 잠자리
                  날아간다.
                                  바람에 속삭임

듣다가

깜   박!
                  고개를   떨군다.

그렇게   담벼락에 가을이 꿈을꾼다.

飛上

후라이판에 콩을 볶으면
튀어 오르지

오르는 동안 내가 보이지

내려오면 뜨거운 지면
다시 튀어 오르면

조금은 익숙한 시원함

어디쯤 일까?

바람이라도 불면
시원 할텐데

손짓

눈을 감은채
너를 향하여
가만히 부르는

혹시나

마음에 전해질까
허공에 그리는 절규

미련

불끄고 누우면
허공에 별이 빛난다.

태양에 아쉬운
미련인가

잠들면 그만인
생에 끝자락 만큼

저멀리 다가오는
붓끝에 웃음소리

마침표 없는
지면에 발자국처럼

화목난로

탁 특 타닥
탁 톡 트득

나무옷벗는 소리
배불리먹고
트름을 한다.

까만밤에 내리는
달빛 따라서

하늘을 오른다.

'08 kim Lee Yoon Eu

너에게

너는 어디있니?
보고 싶은데

너는 어디있니?
보고싶은데

정말 보고 싶은데

유하!

이른아침

아름다운눈과
뒷모습이
그리워 질때면
하늘을 보고

세월이 가면
잊혀질까?
눈망울에 비춰진
모습

유하!

그대머문자리
바라다보면
고요함 만이
묻어나는 향기는
그리움일까?

유하!

안부

손가락이 무거워 뜸 했습니다.

마음은 있지만
차마 전하지 못했습니다.

이렇게라도 글을 적어봅니다.

세월은 흘러
바람처럼 지나온 자락이

지금은 어디쯤
가고 있을까

오늘

너를보면 내가 슬프다.
눈물이 난다.
아득한 세월이 지난후
깨달았다.

나를보면 너는 괜찮다.
나는 늘 그랬으니까
삶이란 그런거야
그런거야

오늘은 왜일까

새벽

그곳은 아는이 아무도 없었다.
다만 쓸쓸한 바람만이

아침을 기다리고 있었다.

가을이 오면

무수히 떨어지는 낙엽
하나를 주워

눈물을머금고
들여다보면
너무도 뻔한말

그때야 비로소
피어나는 꽃

그중에 추려
슬퍼지면 나오는
노래에 부쳐

균

두팔을 벌리고 걸어간다.
흰선을 따라
저울에 실려진 무게와
한쪽으로 달려가

검은저울에 살포시
내려앉은 그림자
그 위에 그려진
당신에 생각

형

미숙한 몸짓과
어설픈 동작
화해의 꽃잎으로

피어나는 질서

오늘도 외줄을 탄다.

시선

귀를 열면 소리가 들리지
마음을 열면 밝이 보이지

눈을 감으면 虛空을 걸어가는
소년이 보이지

그빛을 따라가면
새하얀 태양이 떠오르지!

눈꺼풀   위로

창가에 햇살
너무도 고와

낚시대 메고
물가로 가네

저건너 산꽃
바라다 보니

무지개 피어
물위에 찌는

어디로 가고
눈꺼풀 위로

매화가 웃네!

묻어둔 사랑

누구나
추억은 있어요.

음악이 흐르고
추억을   따라
묻어둔   사랑

시간이 흘러도
잊지 못하네!

알지 못하는
그날에 이유

이제는 그만

말해 주세요.

초록나라

그옛날에 의병이 있었다

북풍이 분다.
북풍이 분다.

반딧불 나르는 고요한 시간
크레모어 터지던날도
진달래는 붉게 흐르고
고대산 정상에 흰눈이
내렸다

연병장을 가로질러가는
황구렁이
허리춤까지 자라는 네잎크로버
뻬치카 옆에 곤히자는 형제여!

내산리 가을단풍
개울가 돌단풍
이제라도 때늦은 안부를 전한다.

뻬치카 : 페치카. 러시아식 벽난로. 옛날에 군대 내무반에서 사용.

지오피 계절이 두번 바뀌고

또 눈이 내린다.
아무리 시대가 바뀌고
전자전을 치르는 시대가 와도

역사가 흘러가도

뚜렷이

지금도 초록나라에 살고있는
청년들에 가슴에는 祖國이
자라고 있다.

누군가는 맑은 하늘과 푸르름을
유지해야 할 권리와 의무가 있다.
지금도 전선에는 청년들이
할아버지가 그랬고 아버지가 그러하듯
우리에 아들딸들은 숨겨진 전선에서
심장에 불을 밝히고 있다.

그옛날, 의병이 있었다.

슬픈미소

너

떠난자리
무엇이 자라나

방울방울
미소띤 얼굴
가슴에 묻고

바람을따라
구름에 실려온

모자에 가려진
미소

그리움이 빛이되거든

피지못한 꽃들

무심코 다가온 아이들

나에 분신들
미완에 글모음

한몸을 이루지 못하고
저만치 서서
불러주기를 기다리는
꽃몽우리

도롱뇽, 매, 독수리

하루를 살아도 산것처럼
살고싶다.

내일이 없는 삶을
산다는 산다는 것은

그대 옷깃에 스치는 바람일지라도

퇴근길에 전화를 걸었어
하얀눈이 내리고
그속에 예쁜눈이 보였어

방안에 흐르는
라디오 소리
홀로 바라보는 그대

어느새
눈발은 가늘어져 가고
지나온 시간이 너무나 길어
할말은 잊은채
옷깃에 바람이 스칠때
흰자욱 만이 남아

어디에 있나요?

어디로 가나요?

다시볼수있다면

그대는 어디에

풍경

참 새

후르륵 후르륵
　　　　　방앗간 창틀 구멍으로

쌀겨 먹으러 달려간다.

어느덧 해는 산마루에

발치(拔齒)

그녀가 떠나던날
마음한구석에 피멍이 들었다.
평생을 나를위해 헌신하던

그녀

함께한 시간을 못잊을꺼야!
하얀마음과 투명한입술
차가운 스텐레스위에
버려진 너에 시신!

모기

모기가 말을하면
흡혈을 변명하는거다.

모기를 잡아서

모기에 피 혈액형 검사를한다.

어느때 누구에 피를 빨았는지

몽환

저하늘에 떠있는 구름에서
솜사탕 향기가 난다.

달콤한 풀내음따라
멀어져가는 소음

몽환

아침

사람들은 꿈꾸지 않는다.
꿈꾸는 자만이 찬란한
아침을 맞을수 있다.

이별

나는 늘 이별을 준비한다.

해가 떠서
지는 시간

아프지마!

아프면 힘들잖아

고독

시간은 기억을 훔치지 못한다.
다만 어느 공간에 존재할뿐

슬픔을 간직한채 살아가는
근원도 알수없는
그리움과 비애

독백

그녀를 만난지 어언
사십년이 되었구려
첫눈에 반해
가슴떨리던 시절

보고싶어 뜬눈으로
밤새우던 날들이
이제는

너를 품지않으면
하루도 잠들수 없으니
이 어찌 하리오!

향기에 취해 그리움과
목마름에
숨을 쉴수가 없으니
누군가 내게

제발
말을 해주오

저것이 꽃인가
詩인가?

이
태
백
의

웃
음
소
리

초판 1쇄 발행   2023. 7. 19.

지은이 김호랑
그린이 김리연
펴낸이 김병호
펴낸곳 주식회사 바른북스

편집진행 황금주
디자인 최유리

등록 2019년 4월 3일 제2019-000040호
주소 서울시 성동구 연무장5길 9-16, 301호 (성수동2가, 블루스톤타워)
대표전화 070-7857-9719 | **경영지원** 02-3409-9719 | **팩스** 070-7610-9820

•바른북스는 여러분의 다양한 아이디어와 원고 투고를 설레는 마음으로 기다리고 있습니다.

이메일 barunbooks21@naver.com | **원고투고** barunbooks21@naver.com
홈페이지 www.barunbooks.com | **공식 블로그** blog.naver.com/barunbooks7
공식 포스트 post.naver.com/barunbooks7 | **페이스북** facebook.com/barunbooks7

ⓒ 김호랑, 김리연, 2023
ISBN 979-11-93127-75-9 03810